VANIER

Au boulot
les animaux !

Données de catalogage avant publication (Canada)

Tibo, Gilles, 1951-

Au boulot les animaux !

Pour enfants.

ISBN 2-89512-006-4 (br.) ISBN 2-89512-007-2 (cart.)

I. Tremblay, Sylvain. II. Titre.

PS8589.I26A9 1998   jC843'.54   C98-940851-5
PS9589.I26A9 1998
PZ23.T52Au 1998

Directrice de collection : Lucie Papineau
Conception graphique : Diane Primeau
Assistant coloriste illustrations : Guy England

Dépôts légaux : 3e trimestre 1998
Bibliothèque nationale du Québec
Bibliothèque nationale du Canada

ISBN : 2-89512-006-4 (version souple)
ISBN : 2-89512-007-2 (version rigide)

Imprimé au Canada
10 9 8 7 6 5 4 3 2

Dominique et compagnie
Une division des Éditions Héritage inc.
300, rue Arran, Saint-Lambert (Québec) J4R 1K5
Téléphone : (514) 875-0327. Télécopieur : (450) 672-5448
Courriel : info@editionsheritage.com

Imprimé par Transcontinental

Nous remercions le Conseil des Arts du Canada
de l'aide accordée à notre programme de publication, ainsi que
la SODEC et le ministère du Patrimoine canadien.

Petits secrets bien gardés

Au boulot les animaux !

Texte : Gilles Tibo
Illustrations : Sylvain Tremblay

VANIER

À Julie la puce.
À Danielle, frisée comme un…

Au cours de la dernière Conférence internationale sur la vie secrète des animaux, un enfant a confondu tous les spécialistes en demandant : comment les animaux gagnent-ils leur vie ?
Afin de répondre à cette troublante question, nous avons lancé une vaste enquête aux quatre coins du monde. Après plusieurs années de recherches, nous pouvons affirmer que la plupart des animaux travaillent, certains à plein temps, d'autres à mi-temps.
Avant de divulguer nos résultats en détail, nous tenons à remercier nos 12 345 enquêteurs qui ont travaillé comme des bêtes de somme. Ils se sont révélés tenaces comme des buffles, muets comme des carpes et curieux comme des singes.

Le singe,

très habile de ses mains,
travaille dans un endroit surnommé
« bananatelier ». Avec des bananes, il tente de
réparer les camions, les poupées, les oursons
et les ordinateurs qu'on lui confie.
Malheureusement, il travaille souvent
trop vite et mêle tous les morceaux. Il lui
manque la minutie d'une
petite souris.

La souris

s'active dans une
pâtisserie. La souris blanche fait
le pain blanc. La brune, le pain brun.
La souris noire a une spécialité. Elle creuse
les trous dans les beignes : de petits
trous pour les beignes de fourmis
et de gros trous pour les beignes
d'hippopotames.

L'hippopotame

est maître nageur dans
une piscine. Lorsqu'il entend crier
« AU SECOURS ! », il siffle avec son
gros sifflet et saute dans l'eau. SPLACH !
Il vide la piscine au complet. Mais chaque fois,
chaque fois, il doit faire attention. Il ne
veut pas se piquer les fesses sur
les cornes des petits
rhinocéros.

Le rhinocéros

est brigadier devant
l'école du jardin zoologique.
Le lundi, le mardi, le mercredi, le jeudi
et le vendredi, il aide les petits animaux
à traverser la rue. Chaque matin et chaque
soir, il se bouche les oreilles avec de la ouate.
Il déteste entendre le tintamarre de cris et
de klaxons que font les lapins,
durant la longue traversée
des tortues.

La tortue

est facteur. Lentement,
très lentement, elle livre le courrier.
Les lettres de « Bon anniversaire mon chéri »,
les cartes de souhaits, les cartes postales et les
cadeaux arrivent des jours, des semaines, des mois
en retard. Tout le monde s'impatiente. Lorsqu'elle
avance à petits pas avec son sac sur le dos,
la tortue aimerait posséder de grandes
pattes comme celles des
girafes.

La girafe

est astronome. Avec des amies,
elle passe de longues nuits à scruter le ciel.
Dans son télescope, elle regarde la lune, les étoiles
filantes et les galaxies. Ce soir, la girafe est heureuse.
Elle deviendra célèbre sur toute la planète grâce
à un événement historique sans précédent :
la découverte de la constellation
de l'éléphant.

L'éléphant

conduit un gros camion.
La boîte de son camion est chargée de
pierres très lourdes. Malheur ! Une petite
mouche va bientôt se poser sur le chargement.
Bang ! Sous le poids de la mouche, le camion risque
d'éclater en mille morceaux ! En retenant son
souffle, l'éléphant rêve de devenir aussi
léger qu'une plume de
canard.

Le canard

était pilote d'avion. Coin ! Coin ! Coin !
On vient de le congédier parce que,
chaque automne, à la période de la migration,
il détourne son avion vers le Sud. Sans se préoccuper
des passagers, il atterrit en catastrophe, déplie
sa chaise longue, coiffe un chapeau de paille
et se prélasse au soleil, paresseusement,
comme un lion.

Le lion

est coiffeur. Clic ! Clic ! Clic !
Avec de grands ciseaux, il coiffe ses
nombreux clients. Toute la journée, il brosse,
lave, teint les cheveux un par un,
compte les pellicules et masse les cuirs chevelus.
En plus, ce coiffeur a une spécialité qui le
distingue de tous les autres : il adore
friser des moutons.

Le mouton

est alchimiste. Fatigué d'être doux
comme un agneau, il passe de longues
heures enfermé dans son laboratoire.
En mélangeant différents produits chimiques,
il tente de découvrir le secret qui fera de lui
l'animal le plus méchant, le plus craint
de tous. Il cherche la formule magique qui
le transformera en
crocodile.

Le crocodile,

malgré les apparences,
est un dentiste au grand cœur. Avec
amour et délicatesse, il répare les caries
et donne des conseils d'hygiène.
Malheureusement, chaque fois qu'il ouvre
la bouche pour une démonstration de brossage
de dents, le patient, effrayé, se sauve en
courant et en sautillant. Surtout
le kangourou !

Le kangourou

travaille dans une garderie.
Il joue avec les enfants. Il les fait sauter
de joie, sauter à la corde, sauter dans les airs.
Lorsque les petits deviennent trop excités,
il les promène dans sa poche ventrale en sautillant
et en sifflotant des berceuses. C'est le
meilleur gardien d'enfants
du monde.

Les enfants

jouent à travailler. Nous avons vu
des enfants réparer des jouets brisés.
D'autres jouent au pâtissier, au maître nageur,
à la brigadière, au facteur, à l'astronome, à la
camionneuse, à l'aviateur, à la coiffeuse, au chimiste,
au dentiste, au gardien d'enfants. En s'amusant,
les enfants rêvent aux boulots qu'ils
feront plus tard.